ANDRÉ LEBEY

—

AMENO
KAMATO

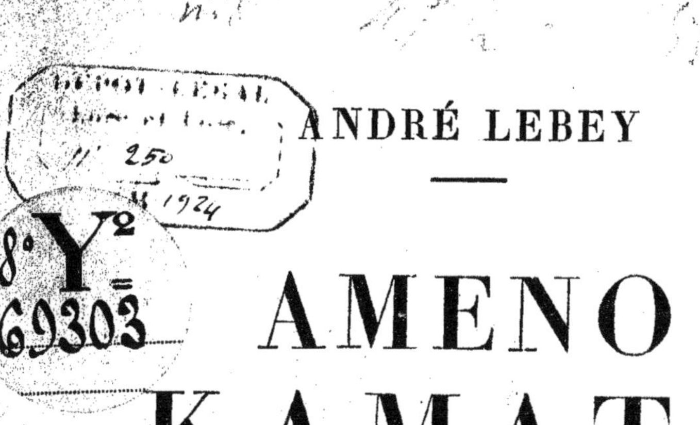

PARIS

LES ÉDITIONS G. CRÈS ET Cⁱᵉ

21, RUE HAUTEFEUILLE, VIᵉ

MCMXXIV

AMENO KAMATO

ANDRÉ LEBEY

AMENO KAMATO

(DESSINS DE G. GORVEL)

PARIS

LES ÉDITIONS G. CRÈS ET Cie

21, RUE HAUTEFEUILLE, VIe

MCMXXIV

A
ADOLPHE HODÉE
ET A
LA SOCIÉTÉ
LES AMIS DES JARDINS
QUI VEULENT
RÉSURRECTIONNER
L'ART DE LA NATURE
AUTOUR DES DEMEURES
COMME
DANS LES CITÉS,
C'EST-A-DIRE
RAMENER
L'HARMONIE

MAKEMONO

DANS LE GOUT DE L'ÉCOLE DE TOSA

> *« Qui habite ici? Je ne sais.
> Et, cependant, je verse des larmes
> reconnaissantes, »*
>
> Saïghio (xiie siècle).

En ce temps-là, sur les Iles heureuses, qui possèdent l'hégémonie du monde, le gouvernement des quatre mers et des dix mille pays, la tempête de la guerre avait tout dévasté, telle que les morts devenaient plus nombreux que les vivants.

I

La fureur était si générale que les fils du Soleil
Levant n'arrêtaient plus de se tuer. Les cadavres in-
fectaient jusqu'aux montagnes ; l'air même que res-
piraient les dieux commençait d'être impur. Le sol
détaillait à l'infini la dévastation terrible. Partout
les corps s'amoncelaient en monceaux ou s'allon-
geaient en longues lignes irrégulières et les incendies continuaient d'éclairer dans la ténèbre noc-
turne le tableau tragique abandonné par la lumière
du jour ; pendant ces nuits si lourdes, quelquefois
exemptes de combat quand les fatigues accumulées
avaient raison de la lutte même, seuls les incendies
empêchaient la terre d'apparaître désertique tout
en ajoutant à son horreur. Les champs mornes et
nus, veufs de culture, se succédaient, monotones.
Les grandes rivières n'abandonnaient plus au vent
qui les faisait chanter les couleurs frémissantes de
l'espérance. Essaimée la houle des blés qui balance
dans ses remous, à la grande saison, la couleur de
l'astre royal. Presque plus d'arbres. L'humanité
se consumait ainsi d'autant plus que la nature,
toute-puissante, cessait de s'imposer à sa pensée
comme à son cœur, car l'homme existe par elle,
vit en elle, respire en elle, à travers son étendue

où il renouvelle son énergie mystérieuse. Les
poissons ne paraient plus les eaux de leurs reflets
d'arc-en-ciel. Le gibier des forêts, anéanti, n'ouvrait nulle part l'éventail en fuite de ses plumes
ocellées. Et le souvenir cherchait en vain aux parcs
quelquefois moins effacés de la mémoire l'époque
lointaine où les roches et les herbes, les feuilles
et les fleurs parlaient de l'invisible ou vers lui.
Pourquoi les Ancêtres divins avaient-ils fait taire
jusqu'aux moindres bouches ? La plainte immense
de toute la nature saccagée aurait, peut-être, à la
longue, atteint les sens des hommes, affaibli leurs
bras. Il n'était pas jusqu'aux torrents rapides qui
ne fussent devenus sans murmure ; ils coulaient
une eau morte de plomb fondu, muette et lourde.
Les pierres, comme pétrifiées, restaient sans éclat.
Le cours régulier des saisons cessait de demeurer
une espérance possible. L'harmonie occulte entre
la vie humaine et les marées n'opérait pas. Shino-
t-sou-Hiko, le prince à la longue haleine, aux
souffles lents, indéfiniment prolongés, dont la
persistance continue, inépuisable, s'épanche sur
les flots, comme à travers les pins, s'était emporté
lui-même dans son dernier soupir. Les dieux du

vent dont les deux piliers invisibles soutiennent
l'ordre universel, l'auguste pilier du pays et l'auguste pilier du ciel, s'étaient évaporés, chacun
sur sa propre colonne.

De mémoire humaine ou extra-terrestre, jamais
tant de flèches n'avaient obscurci l'atmosphère.
La lutte noble du sabre avait été si constante,
tous les guerriers y étaient devenus d'une habileté
si régulière, les combats duraient depuis si longtemps que, pendant plusieurs jours, la guerre
avait un peu reculé : les hommes paraissaient
avoir rendu leurs armes inutiles par la science
plus grande encore avec laquelle, de part et d'autre, ils savaient s'en préserver dans le moment
même qu'ils les employaient contre l'adversaire.
Les archers atteignaient à une adresse inconnue ;
ils combattaient derrière la première ligne des
samouraïs dont les duels duraient des heures et
la passion de s'entretuer était telle, malgré la tristesse qu'ils ressentaient en eux de temps à autre,
que, par delà la première mêlée, les traits, au-
dessus des grands guerriers de bronze, d'or et
d'argent, casqués d'antennes, entretenaient une
sorte de musique aérienne, menaçante et plaintive.

C'était comme une voûte artificielle mouvante,
tissant sans fin sa trame, sauf à l'instant où deux
flèches heurtaient leurs bambous ou leurs fers ;
elles cassaient net avec un bruit sec qui semblait
répondre aux coups des lames de sabre sur les
plaques de métal des armures ; mais l'infernale
trame n'arrêtait pas son sifflement aigu dont le
déroulement presque régulier reprenait aussitôt
dans le silence, les soupirs ou les clameurs des
combattants acharnés à leur fin. Plusieurs fois des
groupes de shoguns, seuls survivants du massacre
dont ils n'avaient pu se rendre compte tout à fait,
combattaient encore tandis que leurs troupes,
derrière eux, de part et d'autre, étaient déjà éten-
dues à terre où l'épaisseur des traits sur les cadavres, ou autour d'eux, dressait comme une suite
de fragiles stèles tombales inclinées sous le vent.
Les deux derniers survivants décuplaient leur
ardeur, possédés en plus par les âmes des morts insi-
nuées en eux pour leur valoir une fureur nouvelle.
Quand l'un avait achevé de tuer l'autre, blessé
lui-même, sanglant, il prenait enfin conscience
du décor, de sa victime et du malheur commun.
Alors, à genoux près des siens, devant l'ennemi

vaincu, devenu fraternel, le kodzuka sorti de son
sabre rouge embrassé une dernière fois, seul au
milieu des plaines de carnage d'où montait, ici
et là, une dernière colère ou un suprême gémissement, il s'ouvrait le ventre, avec méthode,
selon le rite ancien. Et il restait là, les entrailles
sorties, le regard fixe, le visage immobile, affreu-
sement crispé sur la dernière souffrance.

Bientôt les aigles noirs aux grandes ailes découpées descendaient de la zône des neiges, sui-
vis des corbeaux qui demeuraient à distance pour
se partager les restes épars ; ils venaient par
bandes, en tournant d'abord à travers l'étendue,
puis s'abattaient d'un coup, féroces et majes-
tueux. Les uns et les autres commençaient de
frapper du bec. Un effroyable cri montait tout à
coup dans le silence vers la nue vide, car quelques-uns se réveillaient de leurs blessures, mais
les oiseaux étaient plus nombreux que l'infor-
tuné dont le cœur battait encore suffisamment
pour qu'il sentît fouiller sa chair ou ses yeux,
pas assez pour qu'il pût soulever les bras et se
défendre. D'autres oiseaux, d'ailleurs, arrivaient
toujours, sans fin, les vautours au long cou ; les

éperviers bruns, réguliers et fiers, qui se décou-
pent nets sur l'azur, comme un sceau héraldique,
mouvant et ailé ; vers le soir, les chouettes lugu-
bres. Bientôt il n'existait plus de vie humaine et
les vastes ailes battaient de joie à travers les
flèches dans les plumes de celles-ci.

Inutilement sur quelques points de l'immense
cimetière, le cerisier, roi des arbres à l'époque du
renouveau, aux jours d'avril, étendait avec une
piété naturelle, éclatante, ses branches colorées
de neige douce et rose. Elles duraient moins
encore, d'année en année, qu'aux temps propices,
déjà lointains, comme abolis, de la paix bienfaisante, emportées par les vents sauvages, dessé-
chées par les flammes qui venaient jusqu'à
elles, car les incendies qui s'allumaient partout se
propageaient des semaines entières. La nappe mouvante, éployée à la façon d'une mer fluide, déchaî-
née, sans cesse renaissante, dévorait tout. Il semblait ainsi que dans cet âge barbare où il n'y
avait plus ni sépultures, ni funérailles, le feu, sti-
mulé mystérieusement par une puissance secrète,
ait été mandaté pour achever l'œuvre des oiseaux
de proie en remédiant par sa purification souve-

raine à la besogne d'ensevelissement que ne pouvaient accomplir les vivants dont le seul destin
était désormais de se détruire. Ceux qui ne se
battaient pas, trop vieux, étaient depuis longtemps
morts de faim. Les enfants en bas âge avaient
suivi les femmes, les autres les armées, mais les
femmes avaient accompagné les clans et étaient
mortes peu à peu, soit de fatigue, soit dans les
sacs des villes et des camps, soit même de la main
de leurs maris, de leurs amants ou de leurs frères,
qui avaient égorgé jusqu'à leurs enfants quand
ils y étaient contraints par la certitude de ne pas
les sauver. L'assiégeant entrait presque toujours
dans une cité morte au milieu des cendres. Tout
était de deuil ou de feu dans l'Empire d'Amaterasu. Les lacs étalaient des eaux troubles, souil-
lées, corrompues, et dans les golfes des côtes
désertes, au long des caps effilés sur la mer,
l'écume des vagues, elle-même ensanglantée, re-
jetait et reprenait tour à tour les cadavres. Du
haut du ciel, les flots, le long des îles jadis parées
et riantes parce que les hommes n'avaient pas
déserté le Shinnto, qui est la Voie des Dieux,
paraissaient répéter, mais mouvantes, les vagues

des morts que les oiseaux et les flammes n'avaient pas encore dévorés sur la terre.

Sur cette tristesse générale, le Fugi-No-Yama lui-même, sommet du globe terrestre, voilait souvent sa cime étincelante, sacrée. Le prodigieux lotus aux huit pétales sans tache avait cessé de s'épanouir. Des treize provinces de l'Empire dont il était la parure, la joie, le symbole et la protection, il survenait de longs jours où nul ne le distinguait plus. Personne, dans la nécessité de la lutte quotidienne, sauf à de rares instants, n'invoquait sa force tutélaire. Les milliers et les milliers de pèlerins d'autrefois ne se dirigeaient plus vers lui pour y porter une fois l'an, selon l'usage, leurs prières rythmées. Le mont divin se vengeait ainsi d'avoir cessé d'être le lieu central de l'union parfaite où toutes les croyances de toutes les confessions se conciliaient à son abri vers le même culte de l'astre solaire et de la patrie, car il n'est en réalité qu'un seul culte à travers le monde sous les apparences diverses ou les noms opposés, en dépit de leurs hostilités mêmes, et suivant le vers fameux du poème révélé en songe à l'empereur Séiwa, les Dieux siègent dans le cœur de l'homme. La déesse du Feu, qui fait éclore les fleurs, s'était envolée de ses mystères et les fervents qui se prosternaient devant Ko-no-hana-saku-yia-himé, disséminés au hasard ou tués aussi, ne pouvaient célébrer la dynastie des Maîtres suprêmes. Le Fugi, pointu sur les dix cercles qui mènent à son sommet, n'était plus le lotus unique, la fleur excellente, close sur son cœur ou l'ouvrant sur le monde, dont les huit pétales correspondent aux huit vertus dispensatrices de la sérénité profonde, et il se dressait, nu, vers le ciel muet comme pour implorer, malgré tout, le mystère insondable de l'espace, autel de la Nature, sans prêtres, bientôt sans peuple. Seul l'orage se faisait entendre en plusieurs nuits pesantes autour de sa majesté ; la foudre qui diminuait le scintillement des étoiles l'entourait alors d'un halo d'éclairs qui rendait la neige irréelle et spectrale.

Szannôo, Dieu du Mal, roi de la terre et des cieux, régnait sur le globe. Il s'en étonnait lui-même quand il se plaisait à réfléchir, mais comme son orgueil était caressé par l'étendue de sa domination, il oubliait ce qui lui permettait de

l'imposer. S'il avançait plus loin du côté de son
cœur, il se disait qu'il n'était pour rien dans
l'aventure et que la puissance à lui conférée dé-
coulait des hommes, car les dieux ne vivent que
dans la mesure où ceux-ci les créent ; leur exis-
tence, leur mort ou leur résurrection dépendent
de leurs caprices. Plus il réfléchissait, plus il
se sentait fort, plus il trouvait aussi dans cette
énergie souveraine de quoi humilier les siens qui
l'avaient toujours relégué, bafoué ou meurtri,
vaincu, en tous cas ; il y goûtait la subtilité d'une
revanche dont il n'était pas responsable, la joie
de la vengeance que les humains, justement,
assurent le plaisir des dieux. Farouche, porté à
ne pas croire durable tout ce qui dépendait de la
lumière, il se demandait en dernier lieu si cette
ascension rapide n'était pas dans l'ordre du Destin qui domine tous les Olympes. Les temps
étaient venus, un nouvel âge commençait, décrété
par une loi supérieure. Il ne passait plus que lui
dans les nuées et il ne redoutait que sa sœur
Amaterasu, reine du jour, qu'il s'inquiétait seulement de ne rencontrer jamais. A la longue,
par crainte d'une catastrophe, il se mit à sa re-

cherche. Mais le chasseur sombre escaladait en vain les pics du ciel, fouillait sans résultat les profondeurs de la terre ; invisible, la Déesse n'était nulle part où il pût atteindre, à moins qu'elle ne lui échappât. Il se consolait devant le cours régulier des aubes et des crépuscules, et, bien qu'il eût maudit la clarté dès sa naissance, il se réconciliait avec elle, maintenant qu'il s'en croyait le dominateur, jusqu'à la reconnaître nécessaire.

Un matin, elle cessa de pâlir la nuit. Il attendit longtemps, attendit encore, mais la nuit restait bien semblable, sauf que la lune en avait disparu, ce qui la rendait plus sombre. Les étoiles, pâles, demeuraient découpées, brillantes et froides. Puis elles cessèrent en grand nombre. Il frissonna : Amatérasu aussi serait-elle morte ?... Il se demanda, des nuits et des nuits, ce qui avait pu se passer ; pourtant, comme il restait encore des soldats et que la guerre continuait, il étendit les bras vers les derniers astres qui commençaient de s'effacer, pour les prendre à témoin de sa maîtrise. Puis, arrivé au bout du monde, là où une stèle usée atteste encore, d'après la légende, que fut inhumée la première femme, il s'assit

lentement. Transporté d'allégresse, saisi d'une
joie terrible et frénétique, acharné sur soi, cer-
tain d'être devenu le chef unique et de pouvoir
tout régler à son gré, entraîné à penser qu'il saurait enfanter seul une race d'êtres nouveaux,
maudits comme lui, destinés à des luttes plus gigantesques encore qui perpétueraient son règne,
énorme, immense, étendu jusqu'aux voûtes du
ciel, couvrant le globe, qu'il serrait ensuite de ses
ailes membraneuses et velues, il féconda les ter-
res et les eaux de sa joie solitaire, dans la possession et l'amour de lui-même.

Les Dieux n'étaient pas moins inquiets. Retirés au plus haut de la nue, ils voyaient avec une terreur étrange, qui ne les avait jamais effleurés, la nuit conserver l'espace. Ils ne comprenaient pas. Leur orgueil souffrait moins que leur immortalité et ils en voulaient à la sœur autant qu'au frère : ainsi, désormais, au lieu de dépendre des deux, ils n'obéissaient qu'à lui, mais ils n'oubliaient pas que c'était par sa faute à elle et, comme depuis des siècles ils ne savaient plus rien du chasseur noir qu'à force de rabaisser ils ne fréquentaient, ni ne voyaient, c'est contre

Amatérasu que grandissait leur rancune ; elle s'augmentait de toutes les imprécations accumulées contre elle. Du plus loin qu'il remontaient le long de Shinntô, rien de semblable n'avait pu se laisser prévoir et eux aussi, réduits à merci, se demandaient si la Voie divine n'allait pas se clore. Ils n'entendaient plus rien, ni à leur propre nature, ni à leur peuple, dont la morale naturelle, qui naît spontanément du cœur, paraissait éteinte, car les hommes des temps anciens, dont l'âme était pleine de droiture, n'avaient pas besoin de règles. Les Immortels, pour la première fois, envisageaient l'éventualité de la Mort. Un vent glacé soufflait sur leur détresse. Il est dit, dans les Hautes Écritures, que les Dieux sont des miroirs et que la Divinité seule reflète clairement la Nature.

La religion cessait d'être puisque le lien entre eux et les hommes était brisé. Ils le constataient avec d'autant plus d'angoisse que le deuil universel leur prouvait leur destin ; il en devenait le présage. Comme ils pleuraient, maintenant, l'âge d'azur où ils avaient fait parler les rochers, les arbres, les plantes, les moindres herbes ! Ils auraient voulu retrouver la parole perdue afin de la

leur rendre, mais ils s'y efforçaient en vain, assu-
rés au moment même qu'ils le tentaient que tout
était inutile. Ils appelaient, sans obtenir de ré-
ponse, les divinités secondaires, celles qui bril-
lent comme des lucioles et celles qui bourdonnent
comme des mouches. Fatale époque où, par leur
faute réciproque, le ciel et la terre furent sépa-
rés ! Les Kamis intermédiaires n'accomplissaient
plus leur office de messagers, épuisés, sans doute,
comme ils allaient l'être eux-mêmes.

Une fois, néanmoins, de la plaine des hauts
cieux où ils étaient retirés, ils entendirent s'ac-
croître une plainte immense. Elle monta d'abord
comme d'une seule voix, puis, au fur et à mesure
qu'elle se rapprochait, tout en gardant unis les
ensembles divers de son gémissement, elle laissait mieux percevoir que celui-ci était innombra-
ble. Et c'était le soupir des huit cents myriades
de dieux qui pullulaient, en venant demander les
raisons de la mort du monde.

Les yeux humides de larmes, les visages tirés
par la lassitude, ils arrivèrent.

Ils se réunirent tous en une assemblée formidable au lit desséché de la Rivière du Ciel et,

quand ils se tinrent là, essaim momentanément
immobile, silencieux, le Kami de l'Espérance, in-
cliné vers Omoï-kané-no-kami, l'Assembleur de
pensées, le supplia de trouver un plan pour for-
cer la déesse de la lumière à réapparaître.

Accablés, ils reprenaient courage par le désir
de l'action dont leur discussion même, qui fut
prolongée, leur valait déjà, en partie, la promesse.
Le calme au milieu duquel les uns et les autres,
à leur tour, régulièrement, prenaient la parole,
augmentait peu à peu leur attente. Car l'Assembleur de pensées, vieillard vénérable à la tête
d'argent, aux lignes fortes, douces et restées jeu-
nes, leur avait demandé d'abord de lui faire con-
naître les intentions qui animaient le concile auguste. Ils se tenaient à leur place, selon le rang
hiérarchique, lumineux dans la nuit pâle, sous
les couleurs de leurs costumes et de leurs insi-
gnes. Si les hommes avaient pu pressentir d'en
bas tant de grandeur, les armes leur seraient
tombées des mains, ils auraient échangé à leur
tour le baiser fraternel, mais, jusqu'à ce qu'ils
aient pu s'égaler à leurs maîtres, le Destin cruel
exige qu'ils persévèrent à se déchirer.

Les uns voulaient qu'Amaterasu fût sommée de réapparaître, persuadés, assuraient-ils, qu'elle céderait devant l'unanimité divine ; ils ajoutaient qu'en cas de résistance, du moment qu'ils possédaient la force et qu'ils étaient sûrs du succès de la contrainte, il ne subsistait aucune considération de nature à empêcher le recours immédiat et brutal, au besoin, à celle-ci. Les autres avançaient que des prières pourraient suffire ; le cœur de la Déesse ne résisterait pas à la supplique générale de tous ceux qui soutiennent le monde avec elle, au-dessus du Malheur et de la seule Matière. Les Dieux les plus anciens ne partageaient aucune des deux certitudes qui venaient du scepticisme ou de l'optimisme ; ils n'étaient sûrs que d'une chose, pour leur part, le résultat à obtenir, la nécessité de vaincre ; aussi tout devait-il y être subordonné. Une fois là, ils avouaient leur impuissance ; des différents moyens examinés aucun ne leur donnait satisfaction, et le stratagème qu'ils auraient voulu découvrir ne leur venait pas ; la ruse, en effet, leur paraissait le procédé le meilleur vis-à-vis d'une femme qu'il fallait faire céder contre sa volonté.

Mais Amatérasu était au-dessus de la Faiblesse, de l'Amour, du Plaisir et de la Surprise ; véritablement reine, réellement impériale, elle déjouait les trames du Hasard et du Destin, les calculs de l'intelligence, les pièges des sens ou du cœur ; la volonté la plus subtile se brisait, dissoute d'avance, aux pieds de son trône, diamant dur et clair, lucide et intangible, fait de la possession complète de soi.

Devant l'exposé implacable, — implacable comme elle, — il paraissait que le découragement gagnait à nouveau l'assemblée, jusqu'alors contenue. Des plaintes recommençaient, isolées, puis se rejoignant et se répondant, comme si la lamentation, reprise à la façon d'un hymne, pouvait seule, dans l'angoisse universelle, délivrer de la malédiction, éperdue, qui s'appesantissait jusque sur eux. Mais le répit était court. Le silence retombait jusqu'au fond de leur être, plus lourd que toutes les pierres de tous les sépulcres d'autrefois. Rares étaient ceux qui levaient encore leurs regards sur Omoï-Kané-no-Kami, tant il donnait l'impression qu'il estimait superflu de répondre ou de parler. Pourtant, lorsqu'ils eurent tous épuisé, jusqu'à la limite de leurs forces

ou de leur fatigue, les désespoirs comme les es-
poirs de leurs sentiments, l'Assembleur de Pensées se leva.

Il éleva aussi ses mains, en les rejoignant de
manière que les médius dressés, en se touchant
par le bout, représentent l'auréole·flamboyante,
puis les index, levés et appuyés contre la face
dorsale des médius, l'activation de la flamme.
Longtemps silencieux dans cette attitude, il figu-
rait, immobile, le reliquaire allongé de son intelligence et de soi-même. Ses lèvres remuaient à
peine, sans bruit, pour une prière muette ; ses
yeux, tournés vers le visible ou vers l'invisible,
s'ouvraient et se fermaient tour à tour, et le bat-
tement des longs cils recourbés paraissait
prendre possession de l'inconnu.

Enfin, il parla.

Il fallait d'abord joindre la Déesse.

Il y avait toute chance qu'elle se fût cachée
dans son domaine habituel. Les dieux l'y cerne-
raient de toute part et ils délibéreraient mieux
là-bas, inspirés par l'endroit même. Le plus ur-
gent, afin qu'elle ne s'en échappât point, était d'y
partir. Il avait, d'ailleurs, son plan et son idée.

Sûr de la réussite, il ne demandait que de la confiance afin d'en mettre l'essentiel à exécution sans perdre une minute.

Et il dit avec une conviction singulière :

— La Reine des Cieux ne peut vivre concentrée sur son propre rayonnement sans se détruire elle-même. Que la patience soit notre vertu principale, constante, la certitude notre bâton de pèlerin. Dans la caverne qui la cache, le feu dont elle est faite entamera peu à peu les rochers ; ou bien il les dissoudra pour s'en évader, ou bien, dévorée par sa propre flamme, Amaterasu, afin de ne pas mourir en tissant le linceul de son bûcher, sera contrainte de laisser filtrer, fût-ce par une fissure minuscule, le plus mince de ses rayons. A la minute même où celui-ci passera, nous commencerons d'être victorieux.

Et il ajouta :

— Au surplus, j'ai mieux encore afin d'achever notre conquête.

En lui-même, cependant, il ne pensait qu'à moitié ce qu'il avait dit, mais il savait que pour faire agir les dieux aussi bien que les hommes, il est nécessaire de procéder par des affirmations formelles. Il n'ignorait pas davantage que le fait d'entreprendre une action en engendre une autre et que celles-ci, à leur tour, suscitent de nouvelles pensées parmi lesquelles se rencontre la plus juste et la meilleure. L'essentiel n'est-il pas de tromper le malheur, une fois sa méditation épuisée, en l'arrachant à son obstination ?

Puis, pour les distraire, en même temps qu'afin de les égaler à leur tâche, il leur rappela la première querelle de la déesse avec Szannôo.

Amaterasu tient le plus haut rang dans l'histoire sacrée. Elle a reçu l'investiture éclatante. Élevée à la monarchie céleste, elle fit rayonner dans la lumière les beautés d'un caractère divin. Quand le Mâle impétueux s'élança vers les cîmes, il bouleversa toute la nature et, bien qu'il eût annoncé sa visite, son auguste sœur se méfia de ses intentions. Elle dit même tout haut dans la chambre sacrée, aux murs chargés de plus de couleurs que les ailes de tous les papillons de l'univers, tandis que ses femmes innombrables tissaient ses vêtements plus nombreux et plus colorés encore : « La raison, qui mène mon frère ici ne part sûrement pas d'un bon cœur... Il veut

me voler mon territoire. » Elle avait alors dénoué
sa chevelure lourde afin de la tordre d'augustes
nœuds ; et à la fois dans l'auguste nœud gauche
et dans l'auguste nœud droit, comme aussi dans
le reste de son auguste coiffure et pareillement
à son auguste bras gauche et à son auguste bras
droit, elle avait enroulé un auguste cordon complet de joyaux courbés long de huit pieds, de cinq
cents joyaux. Elle avait posé en écharpe sur son
dos un carquois d'un millier de flèches, mis un
gantelet fort et résonnant, et, saisissant son arc à
la corde dorée, l'avait fiché de telle sorte que le
sommet de l'arc trembla. Enfin elle avait enfoncé
ses pieds dans le sol dur jusqu'à la hauteur de ses
belles cuisses, faisant voler la terre comme de la
neige, et elle s'était tenue plus vaillante qu'un
homme puissant...

Il contait encore...

Il contait toujours...

Il termina en annonçant la victoire.

LES Dieux se levèrent tous ensemble. Soulevés par une foi inusitée, ils l'acclamèrent. Les bras étendus vers leur propre désir, ils paraissaient diaphanes ; lumineuses, leurs couleurs, pailletées d'une poussière d'astres, les inspiraient aussi comme si d'innombrables âmes chatoyantes pavoisaient la leur ; et il leur apparaissait que c'était la lumière divine elle-même qu'ils retrouvaient en eux. « Au commencement étaient le Verbe et l'Action », et il semblait encore que toutes ces clartés colorées rendaient la nuit moins sombre. Transportés, ravis, en marche vers un nouveau destin, ils étaient comme une armée de lucioles gigantesques qui remplaçaient au lit desséché de la grande rivière céleste les aubes obscures par un fleuve de transparence immatérielle.

Ils reprenaient la trame interrompue. Ils revivaient avec l'histoire sans plus s'y durcir, ni s'en séparer. Inexpugnables, à l'abri de l'erreur, redevenus les fils de l'espace autrefois solaire, ils redevenaient la vie du thème immense et n'était-il pas vain que celui-ci en leurs personnes fût travaillé d'une sorte d'inquiétude perpétuelle? Elle les menait au salut. Ils redescendaient vers les îles de la perfection, sur cette terre japonaise où ils avaient vécu si près de ses fils, autour d'eux. Ils reverraient au cœur du Yamato, dans la patrie de la patrie, les longues pentes boisées du Kô-ya-san, où la nature, spiritualisée, est devenue religieuse dans ses moindres détails. Quelques-uns se promettaient de s'y fixer afin d'y accueillir, à la fin des siècles, les derniers sages, exilés, qu'ils mèneraient à leur tour vers la libération.

Leur pensée, onctueuse comme de l'huile, les

ramenait aux paysages désertés qu'aiment les
hommes vertueux parce que les rochers, les arbres et les saisons s'y amusent, s'y balancent et
s'y suivent comme des enfants. La montagne y
est une chose puissante ; sa forme haute, escar-
pée, comme un homme à l'aise, parée comme une
cuirasse de mikado, se dresse avec grandeur, en
contemplant tranquillement tout ce qui est plus
bas qu'elle ; ou bien elle se renverse en dressant
un front nu qui ne voit plus que l'azur. L'eau est
une chose qui vit, profonde ou unie, mouvemen-
tée ou pleine comme la chair, ou rapide et vio-
lente à la façon de la flèche ; les gazons, les fleurs,
les saules la regardent avec un éclat joyeux ou,
penchés, alanguis, en préparant des larmes, et
plus d'un saule meurt par amour, de s'être trop
penché sur elle.

Les Dieux regrettaient la terre. Ils y revoyaient
les soirs pleins de pourpre triomphale où, à côté
des poètes qui ne se doutaient pas de leur pré-
sence, ils comparaient les poèmes à une peinture
musicale sans forme virile, où à côté des peintres, ils voyaient dans leurs peintures une poésie
qui avait pris forme. Et les peintres et les poètes,

sans savoir pourquoi, faisaient silence pour laisser monter vers eux, comme un rappel, la vie cachée des choses. Ils savaient, mieux que les autres, que la nature n'est pas un plan distinct, séparé de leur activité. Aucun décor n'y reste insensible et par l'âme ils prenaient contact avec l'essence de tout. L'âme des paysages se mêlait à leur âme et la faisait chanter.

Tandis qu'ils rêvaient, Omoï-Kané-no-Kami siffla les oiseaux aux longs chants de la nuit éternelle et les fit chanter. Il prit les deux rochers de la rivière déserte et le fer des montagnes de métal. Il appela le forgeron Amatsoumara, qui fut chargé de fabriquer la lance du soleil. Il fit venir Ishikoridomé, qu'il pria de façonner un miroir bien poli et Tamanoya auquel il demanda un cordon complet de joyaux courbés, au nombre de cinq cents : magatamos, cornalines, chalcédoines, chrysoprases, améthystes, toutes en forme de virgules. A Aménokoyané, ainsi qu'à Fontotama, il ordonna de faire tirer l'omoplate d'un des daims sacrés du mont Kagou ainsi que d'y prendre de l'écorce de cerisier sauvage afin de procéder à la divination véritable et complète, en arra-

chant par ses racines un sakaki de cinq cents
branches, arbre saint du Shinntô. Tous réunis
autour de l'arbre vénérable accrocheraient aux
branches supérieures le cordon de joyaux, long
de huit pieds, aux branches moyennes le grand
miroir, aux branches basses les offrandes blan-
ches et les offrandes bleues, également purifica-
trices et pacificatrices; Aménokoyané réciterait
avec dévotion le grand rituel ; Aménoladjikaraono
se tiendrait caché ; en dernier lieu Ameno-Uzumé
se mettant en écharpe le céleste lycopode du
mont Kagou, faisant du fusain céleste du même
mont sa coiffure, des feuilles de bambou de la
même montagne à ses mains, en bouquet, danserait sur une planche sonore près de l'endroit où
se cachait Amatésaru. Elle danserait même sans
mesure, animée par l'esprit divin, éperdue jusqu'où, dans son délire, il entendrait conduire ou
même égarer ses mouvements et ses gestes. Et les
Dieux se tiendraient autour d'elle afin de l'exhor-
ter et de l'accompagner de toutes manières.

Ils partirent aussitôt à la recherche du soleil.

PLEURANT sur la grande race qui savait seule douer de vie la matière, Amaterasu, de plus en plus esseulée, au fur et à mesure que la guerre épuisait tout, errait, lamentable. La terre élue, dont elle était la protectrice, semblait la repousser de toute sa désolation et elle passait au-dessus d'elle en glissant dans l'air qui accumulait les heures sous ses pieds, comme pour la dérober à sa douleur, mais, attirée invinciblement, elle revenait sur elle dans le désir d'y rencontrer quand même un dernier refuge, bien que rien n'y fût épargné et que sa dévastation s'étendît sans

autres limites que ses rivages. Il ne restait plus
de temple et dans l'unique, dont toutes les ruines
n'avaient pas été détruites, elle arriva pour y voir
sa propre statue, laquée d'or au rayonnement de
son auréole, lutter à la base contre les flammes
qui dévoraient le trône de lotus, noir d'encens
immémorial, où posaient ses pieds jusqu'alors
immaculés. Amaterasu demeura là devant son
effigie comme si elle contemplait son propre
bûcher. Elle ne bougeait pas tant il lui apparaissait inutile de retarder sa destruction fatale ; de
plus en plus immobile, elle laissait son âme
rejoindre l'œuvre antique, possédée du vœu de
mourir à son tour ; elle ne se ressaisit qu'à l'instant où elle ressentait qu'elle devenait, en quel-
que sorte, la statue elle-même, vaincue par le feu,
colonne lumineuse et pétillante sous la voûte du
temple qui commençait de craquer et de brûler
doucement. Elle passa ses mains sur son visage
en serrant ses tempes pour y retrouver le batte-
ment de ses veines et reprit sa course, plus douloureuse encore. Morts tous les paysages, morte
la beauté de la terre parée où l'homme, modeste
et fort, était demeuré à sa place dans le système

du monde, dominé jusqu'en sa volonté par l'immanence des principes qui animent l'univers, subtil à croire celui-ci formé des images transitoires qui lui révèlent les forces éternelles. Comment tant de familiarité avec les choses dont il dépassait la forme en apparence inerte afin d'en surprendre la vie cachée avait-elle pu l'amener à se soumettre si totalement à la guerre? Pourquoi tant de spiritualité, si déterminée jadis vers les simplifications audacieuses qui ne laissent plus subsister de la forme que l'Esprit, l'avait-il laissé vaincre par le Mal?

Pourtant la suprématie des fils du chrysanthème demeurait certaine, par le cœur, par l'intelligence, et leur développement lent, pareil à celui des grands peuples et des grands maîtres, l'avait démontré, comme tant d'autres magnificences. Eux seuls, dans le vaste monde, à l'inverse des autres peuples, ne possédaient pas la faculté qui permet de croire à ce qu'on sait n'être pas vrai. Ne leur avait-il pas été accordé le don de maîtriser l'univers, aussi loin que la limite où le ciel se dresse comme une muraille, aussi loin que les bornes où les nuages bleus reposent aplatis,

aussi loin que les confins où les nuages blancs
gisent, au loin, abaissés, aussi loin sur la plaine
bleue de la mer que la limite où atteignent des
proues des vaisseaux sans laisser sécher leurs gaffes,
ni leurs rames, enfin sur les routes que les hommes suivent sur la terre aussi loin que la limite où
parviennent les sabots des chevaux foulant des
roches inégales et les racines des arbres.

Haute dans sa robe d'or, Amaterasu, de toute
la volonté de ses mains longues à la manière des
lianes, tendues en cette minute comme les fines
aiguilles de pin, jetait la malédiction suprême
vers son frère exécré. Pourtant elle aussi se sentait impuissante au moment même qu'elle appe-
lait contre lui les puissances éparses des divinités inférieures ; une barrière infranchissable
l'isolait sur elle-même, en la séparant des choses.
Les forces de la Nature, reléguées ou perdues, ne
montaient plus vers ses paumes ouvertes sur le
désert ; la réalité formidable qui se dissimule
derrière les montagnes caressées par les nuages,
les cascades ruisselantes, l'orgueil des rochers,
les volutes des brouillards, l'eau lente ou vive des
fleuves et l'éventail des arbres qui chante dans

le vent avec les vagues de la mer, qui découpe les
astres et les entretient dans leur permanence,
reculait aussi derrière les choses disparues dont
elles étaient le signe. Tout était fané, effeuillé,
comme l'art des fleurs, symboles des divers élé-
ments, dont le poème d'aucun bouquet ne dispo-
sait plus nulle part les gammes éclatantes.
Évanoui l'indéfinissable sentiment des décors
champêtres qui parlent au cœur tout bas, mais si
loin en lui-même, sans qu'il soit possible de
l'exprimer par des mots.

A travers les trois grandes îles et les petites,
elle ne trouva que trois jardins à peu près intacts.
L'un disait la Rectitude, l'autre la Douceur amoureuse et le troisième, qui continuait le second, la
Tristesse. Amatérasu demeura longtemps dans
celui-ci comme s'il fût, désormais, son dernier
sanctuaire. Il était enveloppé de pins sombres que
défendaient de longs ifs noirs, et les ifs ténébreux
entouraient une lanterne de pierre qui, dans l'obs-
curité du soir, laissait filtrer sur le site silencieux
une lumière pâle, mystérieuse. Il avait une
quinzaine de mètres carrés : rien n'y était régulier ;
son jardinier-poète savait trop, par expérience,

avec quel imprévu la douleur enveloppe l'âme ;
néanmoins, une sérénité bienfaisante tombait de
sa beauté mélancolique et ses vallonnements aux
pentes douces offraient comme autant d'abris.

Le second portait en offrande au ciel la petite
pagode qui s'ouvrait au bord de son lac à moitié
couvert de nymphées et, dans les camélias qui
l'entouraient, la pagode, comme les fleurs, ouvrait
le cœur, en lui donnant envie de s'y reposer. Tout
n'était artificiel que pour capter mieux la nature
en la mettant en valeur et en la dépassant ; de
fait, plus spontanée en apparence que nulle part,
arrivée au maximum de sa signification, elle
s'offrait dans toute sa joie tranquille comme vers
une autre jouissance plus étonnante encore dont
la plénitude la dominait tout en se manifestant
déjà en elle avec une persuasion irrésistible,
et cette violence faite d'une ardente langueur de
vivre, ainsi sauvée au milieu de la dévastation
universelle, était extraordinaire ; elle persuadait
que le plaisir de la volupté doit venir à bout de
tout. Il n'était rien dans l'agencement des arbres,
des corbeilles et des fleurs, dans la recherche des
contrastes de la forme, de la ligne et de la couleur

qui n'environnât la déesse, au point de la rendre
à nouveau amoureuse de la vie, et par-dessus les
iris foncés au violet magnifique qui bordaient la
dernière porte, les érables, distribués de manière
que les rayons du soleil couchant viennent en
les frappant rehausser les riches tons de pourpre de leurs feuilles, avaient l'air, sous le vent, de
lui dire doucement adieu avec de longs gestes, de
longues mains végétales, quand elle gagna le jar-
din de la Rectitude.

Il était presque tout en pierres amenées de très
loin, dont les plus remarquables, alignées au long
d'une allée droite, menaient à l'une d'elles, toute
droite elle aussi, plantée debout, nue et fixée
du côté de l'orient. Une perspective infinie fuyait
derrière, à travers la campagne ouverte, si loin
que rien n'y arrêtait la vue jusqu'à l'horizon du
ciel, et tout s'harmonisait tellement avec le décor
que l'âme même du soleil levant paraissait s'être
réfugiée là. Elle palpitait, jaune impalpable, poussière dorée, autour de l'aiguille de pierre qui
marquait l'heure au sable roux des douze allées
au centre desquelles elle rayonnait de lumière et
d'ombre. Amatérasu, droite contre elle, ajoutait

encore à cette irradiation et son éclat colorait la blancheur des chrysanthèmes répandus alentour, dans les massifs, à profusion.

Au loin, du fond du lointain, la clameur atroce de la bataille arrivait par bouffées, à intervalles. La fille du feu la trouvait plus odieuse encore après sa halte dans les trois jardins. A quoi bon vivre pour voir souffrir et mourir tous ceux qui sont la vie, dans l'impuissance d'empêcher la disparition progressive des êtres qui la perpétuent? Rien ne mordait sur leur fureur homicide. Elle savait qu'elle n'avait à celle-ci aucune responsabilité; pourtant, elle se cherchait des raisons contraires; faute d'en découvrir, elle songea tout à coup qu'elle favorisait quand même le déchaînement du meurtre par la lumière du jour. Bientôt, elle se persuada qu'elle était maudite également puisque les fils de la Terre ne la méritaient plus et que la seule arme qui lui restât contre Szannôo était de la supprimer. Elle n'avait plus le droit d'éclairer le monde puisqu'elle aidait ainsi, sans le vouloir, au meurtre, et que les hommes se vouaient à la Nuit. Il ne lui restait qu'à disparaître.

Vite décidée, n'envisageant aucune autre solution plus favorable à la cessation du massacre, elle atteignit d'un seul vol rapide la plus haute montagne céleste, s'y enferma dans la grotte dont elle seule connaissait la profondeur, puis, comme sa clarté filtrait encore en laissant à travers l'espace une lumière diffuse, elle roula une roche énorme qui boucha toute l'ouverture.

Et elle s'endormit.

Des nuits et des nuits, puisqu'il n'y avait plus de jours, elle dormit de la sorte. Elle ne s'éveilla qu'après avoir été, des nuits et des nuits également, arrachée à sa lourde torpeur, d'abord par un vacarme infernal, ensuite par un bruit singulier, inconnu.

Les Dieux, à la suite d'un voyage aux pérégrinations contradictoires, avaient découvert le refuge de la Déesse et planté l'Arbre vénérable de la Science du Bien et du Mal devant la roche énorme qui murait la grotte divine. Et des nuits et des nuits, après avoir tenu conseil sans parvenir à se mettre d'accord, ils s'étaient prosternés à tour de rôle en suppliant Amatérasu de réapparaître. Chacun avait non seulement récité les litanies différentes que leur adressaient, autrefois, leurs propres fidèles, mais y avaient encore ajouté des accents étranges, nouveaux, suggérés

par leur détresse. Vainement. L'Assembleur de
Pensées lui-même, dont ils avaient refusé le plan
une fois qu'arrivés, ils s'étaient trouvés en mesure d'en faire l'essai, ne savait plus quel conseil
leur proposer. La tête vide, comme les autres, il
s'abandonnait aux heures funèbres en suivant
les lamentations qui montaient de l'assemblée
auguste. Vainement. Tous se ruèrent plusieurs
fois pour arracher le bloc ou le pousser plus loin
dans la caverne, saisis, à la fois, par la volonté
de délivrer Amatérasu d'elle-même ou de la tuer ;
ils s'essayèrent aussi à tailler la pierre brute.
Vainement. Ils n'avaient même plus de désirs et
se couchaient, résignés, dans l'attente de la Mort.

Le sommeil, à la fois pesant et fiévreux qui les
possédait de plus en plus, les anéantissait si
lourdement qu'une nuit ils se soulevèrent avec
un immense effort et se mirent à hurler. Au fur
et à mesure qu'ils criaient davantage, ils consen-
taient moins à mourir. Et c'était une sorte de
mélopée vengeresse à la rumeur inouïe. A la fin,
leurs vociférations étaient si chargées de colère
douloureuse, exaspérée, qu'Omoï-Kané-no-Kami
craignit qu'ils ne finissent par faire comme les

hommes maintenant à bout, presque tous morts
sur la terre ravagée, en remplaçant leur guerre
par celle des Dieux. Il résolut d'exécuter ses pro-
jets. Il cacha Aménotadji-Karaono et ordonna à
Améno-Kayané de réciter le grand Rituel.

Améno-Kayané le déroula et, tandis que se
répandait une odeur d'encens macéré, il fit les
différents gestes de l'officiant qui purifient les
yeux, puis entraînent à la méditation pénétrante
des Sept Roues extérieures, la Roue du Feu, la
Roue du Vide, la Roue de l'Air, la Roue tour-
nante de la Loi, la Roue de la Terre, la Roue de
l'Eau, enfin la Roue de la Métamorphose ; puis
il dessina toujours de ses bras levés, après
avoir répété le signe de la Flamme, qui est trian-
gulaire, le sceau du Sabre de la Grande Intelligence.

Après une dernière élévation, que nul n'a le
droit de définir, il entama la vraie Parole, péné-
trée, comme d'une essence immémoriale, de tous
les rites anciens, et qui s'ouvre par une phrase
mémorable : « Au temps où commencèrent le
Ciel et la Terre, les Divinités se formèrent dans
la plaine des Hauts-Cieux... »

Il continuait :

« Lorsque la terre, jeune, pareille à de l'huile flottante, se mouvait ainsi qu'une méduse... »

Mais les paroles primitives, à partir d'ici, ne peuvent être répétées, car elles s'échapperaient du texte saint, dites par des lèvres profanes, de même que le cheval de Han-Kou s'envola de la soie dans le tumulte et dans la nuée, dès que le maître, la peinture achevée, eut terminé ses yeux.

Dans le silence, les phrases mystiques se succédaient. Certaines étaient prodigieuses, d'autres si simples et dénudées qu'elles semblaient venir d'un temps où rien n'existait encore. Balancées sur le mode mineur et uniforme, elles visaient à capter l'essence première des métaux, des plantes et des formes animiques errantes. Elles célébraient la majesté de l'Inconnaissable, qui est le premier et le dernier mot de toutes les religions, et il se trouvait qu'elles parlaient constamment de choses déjà disparues, comme les hommes, les Temples, la Lune et le Soleil. Il en était de même quand elles décrivaient le palais des divinités supérieures où des Dévas, les ailes fermées, montaient la garde autour du flamboiement de la grande escarboucle dont le mot qui s'y inscrit n'est compréhensible que de ceux qui ont dépassé toutes les sagesses. Il était question de dalles de marbre noir, miroitant à la façon des eaux d'un lac sans fond, sur lesquelles passaient des êtres impalpables, le visage rose sous des diadèmes étoilés ; au-dessus d'eux, des arceaux montaient les uns sur les autres vers des dômes blancs, arrondis sous un azur un peu sombre, aux teintes violettes semées d'astres palpitants. A travers les strophes passait et repassait l'éternel balancement d'une Aspara, et en écrasant des fleurs dans ses paumes, elle leur faisait exhaler un parfum plus doux.

Et il semblait aux Immortels que c'était la Vie.

Et Améno-Kayané s'écria :

« O œil de feu !

Centre rayonnant de la grande étoile, source essentielle, premier et dernier secret que notre peuple adore sous la forme d'une femme pour t'aimer davantage et pouvoir te posséder dans l'extase suprême, entends-moi ! Si j'ai suivi de toute mon intelligence la route de la Vérité parce qu'elle est faite pour le cerveau, comme la fleur

et le fruit pour le cerisier, la lumière est faite
pour nos yeux qui vont se fermer s'ils ne la
reflètent plus !

O Déesse !

Toutes les existences viennent de toi, hormis
le Mal que tu ne veux plus nous aider à vaincre.
Voilà pourquoi ton frère triomphe. Prends garde
que son règne ne demeure, sur la terre et dans
les cieux, par delà l'Extra-monde !

O Lumière !

Expansion de la vie, vie mystérieuse, indivi-
dualisée dans la multiplicité des formes, tout ce
qui a été et sera dans l'éternité des temps est issu
de toi seule ou en dérive et les formes elles-mêmes
ne sont que la lumière fixée par un courant qui
se dilue ensuite afin de te ramener les âmes !

O Clarté !

De même que le prisme te décompose en sept
rayons, de même les plans supérieurs décompo-
sent la lumière originelle dont nul, à part toi, ne
saurait se faire idée, en sept nuances dont l'in-
tensité diminue d'autant que les plans traversés
par elle sont de moins en moins éthérés !

O Divine !

Chacune des couleurs est analogue à l'une des
sept facultés de l'âme, aux sept vertus et aux sept
vices, aux formes géométriques planes et solides,
aux sept planètes issues de toi,

Car tu es une,

O Pure entre les Pures !

Amatérasu resplendissante ! »

Mais rien ne répondait dans la grotte profonde,
et le roc énorme, toujours immobile, intact, ne
laissait filtrer ni grain de poussière lumineux, ni
soupir imperceptible.

Alors Omoï-Kané-no-Kami prit deux mor-
ceaux de bois de fer, et les frappant l'un contre
l'autre, en tira une suite de sons ; ils se succédaient au milieu des éclairs qui partaient du bois
heurté, zigzaguant à travers l'assemblée auguste.
Assis au-dessus d'elle sur une branche de l'Arbre
vénérable, il atteignit, dans l'imagination des
Dieux, l'aspect d'un nouveau maître de la foudre.

Pour lui ressembler, ils firent comme lui. Ils se
saisirent de tout ce qu'ils trouvèrent, de pierres,
de cailloux et de petits rochers, d'ustensiles ou-
bliés et de poteries. Il y en avait de toutes sortes,
échouées là mystérieusement, et celles de Raku,

en terre douce et poreuse, vernissée, qui porte
le sceau de la joie par la grâce d'Hideyoshi, et
celles de Toshiro, si vieilles, en terre brune, et
celles de Karatzu, rugueuses mais émouvantes, et
celles d'Hizen, et celles d'Hirado si fines, si
bleues, si suaves. Beaucoup partirent sur la terre,
qui revinrent avec des armures et des sabres, et
il paraissait que les armes étaient de toutes les
époques comme si les hommes n'avaient jamais
cessé de se battre ; d'ailleurs, la famille Miôchin,
par delà Masuda Munemori, ne remonte-t-elle pas
au petit-fils du dieu Takara qui enseigna le tra-
vail du métal ? Mais les lames de Masamura cé-
daient encore devant celles de Masamune, qui
coupaient un cheveu déposé sur leur tranchant
par le zéphir aussi bien qu'elles fendaient une
barre de fer massif. Il est vrai que la barre ini-
tiale avait été elle-même faite selon la règle, en-
fermée dans une enveloppe d'argile et de cendre
sans être jamais touchée par la main nue, puis
chauffée au fourneau sur du charbon de bois,
fendue par le milieu et pliée en double. Sur l'en-
clume ensuite, repliée jusqu'à quinze fois, réu-
nie à trois barres préparées de même, cinq fois

encore pliée en double et soudée, elle se trouvait alors constituée par 16 777 216 couches de métal. La lame étirée enfin dans toute sa longueur était trempée : revêtue d'une couche d'argile et de charbon de bois en poudre, elle ne laissait à découvert qu'une bande de métal d'un quart de pouce environ et la lame était, sur le fourneau, portée au rouge sombre tandis que le tranchant était chauffé à blanc ; puis l'eau décisive à la température déterminée. Et les Dieux, à retrouver ces objets, à les revivre, à s'en réjouir, se sentaient moins malheureux. Et comme s'ils trempaient à nouveau les lames enchantées dans la nuit éternelle, glacée, ils répétaient la chanson même du grand Masamune qui faisait entrer de la sorte l'esprit de la musique dans le métal : « Que la paix règne sur la terre, la paix ! »

Ama-tsou-Mara rapporta une grande cuve de bronze.

Ameno-Kamato, qui reprit sa place la dernière, à l'écart, pliait sous le poids d'arcs énormes, si nombreux qu'elle disparaissait presque entre leurs bois et leurs cordes, un peu comme

une araignée dans ses toiles. Elle seule n'ajoutait
rien au vacarme auquel ils s'efforçaient sans
qu'il en résultât autre chose qu'un bruit insensé
dont l'exagération, encore accrue par leurs clameurs, paraissait devoir faire s'écrouler les der-
nières architectures qui supportaient le monde.
Et dans toutes ces nuits barbares, c'était comme
si les maîtres célestes, dépossédés, s'entraînaient
à la destruction finale universelle.

Derrière le bloc énorme, Amatérasu, réveillée
maintenant, écoutait avec tranquillité, certaine
de sa revanche. Ce désordre prolongé, perma-
nent, signifiait effectivement la fin de tout, par
conséquent le début d'autre chose. Mais elle n'y
pouvait rien, et la folie de ses anciens compa-
gnons lui faisait aimer davantage sa retraite in-
violable. Hors de leur atteinte, à ne plus éclairer
que son domaine personnel, elle découvrait en
elle-même des clartés particulières.

Les périodes de bruit et de silence entretenaient les Dieux, alternativement, mais ne les
sauvaient point. Bientôt, il leur parut que l'ombre devenait de plus en plus froide. La chaleur
amassée dans l'éther, et qui résultait de tant et

de tant de milliards de jours, commençait de s'épuiser. Ils se regardaient, blêmes, en frissonnant. Étaient-ils décidément condamnés ? Ils n'osèrent se répondre et comme ils savaient, plus ils réfléchissaient, qu'il en serait ainsi, selon toute vraisemblance, ils décidèrent d'oublier. Pour y parvenir, ils accrurent le vacarme infernal, comme si, en tapant sur leurs instruments divers, ils martelaient jusqu'au souvenir, comme s'ils l'enfonçaient au plus profond du passé. Un vent de folie les saisissait, qui recouvrait leur mémoire, mais bientôt l'ombre, de plus en plus froide, pénétrait leurs corps, arrêtait leurs bras, glaçait leurs cœurs en leur rappelant que rien, même quand il s'agissait d'eux, ne saurait interrompre le cours ascensionnel des lois inexorables.

Une nuit lugubre où leur ardeur désespérée commençait de se ralentir, sur un signe d'Omoï-Kané-no-Kami, Uzumé dansa.

Elle était merveilleuse dans son kimono orange et noir où des éperviers fauves ouvraient leurs ailes en forme de croissant. Elle éployait elle-même sur celles-ci, comme sur l'ondulation de toute la soie et la douce langueur pâle ambrée

de son visage aux cheveux noirs traversés de
bois laqué d'or, un grand éventail blanc mêlé de
feuilles vertes qui palpitait, tel un doux clair de
lune parmi des branchages. Elle allait, lentement
et légèrement, tournant sur elle-même à petits
pas, ce qui soulevait l'étoffe autour de ses jambes
fines et, quand elle s'arrêtait, la faisait s'arrêter
aussi pour s'enrouler d'un seul mouvement
rythmique, courbée sur ses sandales aux deux
lames de bois. Elle tapait dès lors avec elles sur
la planche où elle évoluait, les faisant claquer
sur place à petits coups de plus en plus vifs,
serrés et pressés.

Charmés, les Immortels, oublieux de leur mi-
sère, redoublaient l'accompagnement en essayant
de suivre le mouvement de la danse. Malheureu-
sement ils le contrariaient plutôt. Aussi frap-
paient-ils de plus en plus fort afin d'atténuer et
de perdre leur maladresse dans le bruit grandis-
sant qui, sur toutes choses, devenait leur seul
refuge, dernier moyen qui leur permît de se
fuir.

Derrière le bloc énorme encastré dans la roche
de la caverne comme s'il en faisait partie, le

silence d'Amatérasu finissait par persuader ses prisonniers qu'elle n'était pas là.

L'ombre devenait de plus en plus glacée, au point de paraître se solidifier comme de l'eau, et les huit cents myriades de dieux se tâtaient personnellement, puis se touchaient les uns les autres pour être sûrs qu'ils n'étaient pas encore devenus des glaciers noirs.

Une nuit le froid fut tel qu'ils se sentirent mourir.

Ils pensèrent qu'il valait mieux, une fois pour toutes, accepter le Destin. Ils allumèrent un grand feu et prièrent Uzumé de danser une dernière fois au milieu de la flamme où elle leur symboliserait le dernier rayon de la douce vie. Ils voyaient là, en outre, une tentative extrême et se demandaient si leurs plaintes ne seraient pas telles qu'Amatérasu, à condition qu'elle fut réellement ici et à moins qu'elle n'ait voulu leur sommeil éternel, n'y saurait plus résister. A la pensée qu'elle demeurerait seule, à son tour, ne se laisserait-elle pas fléchir ?

Certaine de périr également, Uzumé décida de mourir de sa danse même en s'y donnant toute jusqu'à la dernière palpitation du cœur dans sa poitrine, et elle espérait qu'il s'y romprait net à l'instant du plus grand vertige afin qu'elle ne sentît même pas le passage tragique.

Elle commença plus lentement encore que les fois précédentes, allant et venant au milieu des flammes sans les atteindre avec une aisance infinie. Elle ondulait comme une autre flamme immatérielle. Quand une des langues de feu qui la prenait pour une de ses sœurs se rapprochait trop, elle l'écartait d'un large coup du grand éventail blanc qui tombait sur elle comme une aile de neige. Elle était si parfaite que le désir renaissait au cœur des Dieux et, au fur et à mesure qu'elle accélérait sa cadence, il devenait de l'amour. Ils imaginaient la Mort vaincue et que la danse entreprise pour les y amener les en écartait. Uzumé, serrée par le feu au point que l'éventail palpitait de plus en plus vite et plus rapidement sur lui, ne leur paraissait pas pouvoir en être atteinte, ni consumée. Elle ne sentait plus le danger, sinon pour dominer sa menace croissante. Montée sur la cuve de bronze placée sur la passerelle qui la faisait résonner à la fois

sous ses pieds jusqu'au cœur du ciel et de la
terre qu'elle réunissait à nouveau, elle grandissait, surnaturelle, dans sa divinité même, et les
Dieux hors d'eux-mêmes, sans savoir ce qu'ils
faisaient, redoublaient d'ardeur à frapper sur
leurs instruments improvisés ou à jeter des mor-
ceaux d'arbres dans le brasier magique. L'accompagnement était tel qu'Amatérasu, collée contre
le bloc énorme, se retenait de peur de le déplacer.

L'accord s'établissait peu à peu entre les Dieux
et la danseuse ; ils s'entendaient presque, sans
atteindre encore au rythme. Cette espérance singulière, qu'ils ne s'expliquaient pas, ouvrait sa
voile au lac ténébreux de leurs âmes malades,—
une voile qui frémissait sur leurs vagues inté-
rieures comme le grand éventail blanc sur les
flammes hautes au centre desquelles résonnait
de plus en plus sous les pas, de plus en plus
rapides, de la nouvelle déesse qui délivrait
l'olympe oriental, la cuve enchantée.

Et Uzumé, inouïe, les mains au-dessus de la
tête, à travers l'espace, vers le ciel, semblait gran-
dir jusqu'à lui pour y moissonner les astres qui
allaient revenir.

Tout à coup, les Dieux entendirent comme une nappe d'eau musicalement surnaturelle qui répandait ses ondes chantantes et murmurantes.

Extraits d'eux-mêmes, transportés, leur être transi pénétré de chaleur et de fraîcheur à la fois, il regardèrent au-dessus de l'Arbre vénérable et là, plus haute que lui, debout sur le promontoire de la caverne céleste, dominant le bloc énorme, ils virent s'avancer vêtue d'une robe de lumière, Ameno-Kamato. Ses mains aux doigts recourbés dans leurs ongliers d'argent couraient le long d'un instrument inconnu, formé de cordes tendues les unes à côté des autres, jaunes sous ses gestes pâles. Et ils reconnurent qu'il était fait de grands arcs de shoguns allongés aussi les uns à côté des autres, croisés par deux, liés ensemble.

Omoï-Kané-no-Kami en compta trente-trois.

Magicienne du champ de bataille où il ne restait plus un seul vivant, mais dont elle avait vaincu la loi sanglante en la dépassant vers une recherche supérieure, elle remplaçait sur l'arme dangereuse les flèches meurtrières et fatales par

les traits invisibles et rédempteurs des sons. Et
les grands arcs de laque rouge des princes dé-
funts vibraient comme l'espoir en répandant à
travers l'espace, par la totalité du rythme perdu,
puis retrouvé, l'harmonie tutélaire.

Sa harpe haute en main, Ameno-Kamato ac-
compagnait Uzumé dont la danse, plus ardente
encore, mais plus régulière, devenait prodigieuse.
Les Dieux tous debout, dressés d'un seul élan,
entonnèrent un hymne unanime où leur douleur
égalisée se dépassait à la recherche du salut.

Uzumé, portée au paroxysme de toutes les allé-
gresses et de toutes les délivrances par la musique éperdue d'Ameno-Kamato dont la douceur
sonore, aux longs sanglots heureux, atteignait les
extases divines, ouvrit son kimono sur les pointes
de ses seins ronds et purs. Dansant toujours,
d'un pas de plus en plus savant, mais frénétique
et accéléré, elle l'abandonna jusqu'à ses pieds qui
le piétinèrent. Et elle était si belle, nue sur le feu
dont l'or dorait encore sa peau dorée, en y éclai-
rant les ombres douces qu'il semblait faire vivre
déjà vers leurs promesses de bonheur, que les
Dieux arrêtèrent leur chant pour le terminer par

une clameur d'allégresse dont l'écho retentit jusqu'au bout du monde.

Alors il parut que la nuit se faisait éclatante.
Mais comme ils avaient perdu l'habitude de la
lumière, les Dieux cessèrent d'abord de voir,
accoutumés seulement à la transparence phos-
phorescente qui émanait d'eux-mêmes comme au
feu dont ils avaient entouré Uzumé. Au fur et à
mesure qu'ils redevinrent toute leur réalité, ils
distinguèrent. Bientôt ils contemplèrent tout à
fait l'Aube nouvelle. Ils étaient eux-mêmes comme agrandis jusqu'aux voûtes de l'éther par
l'irradiation qui les ressuscitait sur toute la
Plaine des Hauts Cieux et le Pays central des
plaines de roseaux illuminés entre lesquels le lit
desséché de la Rivière du ciel coulait et pou-
droyait comme la voie lactée. L'immense rayonnement emplissait l'Infini. Là-bas, très loin, sous
leurs pieds, plus loin encore, les Iles de la Perfection, telles des coquilles irrégulières de nacre ou
de perle sur la mer, mûrissaient un orient magnifique. Et comme la grande lyre s'exaltait toujours,
les sphères célestes, entraînées, répondaient des
différentes parties de l'espace en abandonnant pour

la première fois la révélation de leur musique aérienne aux notes prolongées, — soit rythmiques et continues comme les vagues de la mer, soit effeuillées en long pétales espacés aux sons de bronze blanc, sonores, mais filtrés par l'atmosphère bleue, sans fin.

Amatérasu avait poussé d'elle-même le bloc monstrueux.

Il avait roulé jusqu'à l'Arbre vénérable et s'était brisé à son contact.

Ameno-Tadji-Kara-ono avait aussitôt pris la main de la réapparue et Fonto-Tama s'était empressé de tendre une corde derrière son auguste dos pour l'empêcher de revenir en arrière.

Droite devant la bouche d'ombre, la Reine de la Lumière, heureuse, rayonnait de toute parts sur le globe enivré, et les rayons d'or du soleil répondaient, au-dessus d'elle, aux cordes d'or d'Ameno-Kamato. Plus bas, Uzumé attendait, immobile, qu'Omoï-Kané-no-Kami lui mît en main le miroir sacré de l'Arbre vénérable pour le dresser sur les Dieux à genoux devant elles trois.

Et les trois Déesses resplendissaient sur la même ligne droite.

*
* *

Le Monde était sauvé.

Il ne lui restait qu'à renouveler les disciplines éternelles.

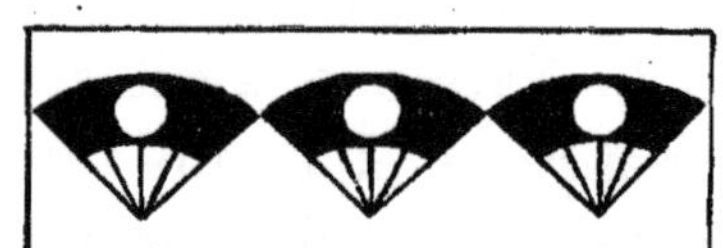

LE PRÉSENT OUVRAGE ACHEVÉ D'IMPRIMER
LE 15 NOVEMBRE MIL NEUF CENT VINGT-
TROIS POUR LES ÉDITIONS G. CRÈS ET
Cie, PAR DURAND, DE CHARTRES, A ÉTÉ
TIRÉ A 570 EXEMPLAIRES, SOIT 20 SUR
RAPHIA DE MADAGASCAR (DONT 5 HORS
COMMERCE) NUMÉROTÉS DE 1 A 15 ET DE
16 A 20 ET 550 EXEMPLAIRES SUR ALFA
(DONT 50 HORS COMMERCE) NUMÉROTÉS
DE 21 A 550 ET DE 551 A 570.

N^o